청어詩人選 428

아버지의 노래

박두현 시집

청어

아버지의 노래

박두현 지음

발행처   도서출판 청어
발행인   이영철
영업   이동호
홍보   천성래
기획   남기환
편집   이설빈
디자인   이수빈 | 김영은
제작이사 공병한
인쇄   두리터

등록   1999년 5월 3일
          (제321-3210000251001999000063호)

1판 1쇄 발행 2024년 1월 20일

주소   서울특별시 서초구 남부순환로 364길 8-15 동일빌딩 2층
대표전화 02-586-0477
팩시밀리 0303-0942-0478
홈페이지 www.chungeobook.com
E-mail   ppi20@hanmail.net

ISBN   979-11-6855-222-7(03810)

본 시집의 구성 및 맞춤법, 띄어쓰기는 작가의 의도에 따랐습니다.

시인의 말

세월의 골목을
돌아 돌아
황혼 녘

詩에 대한
나의 사랑은
참으로 길었습니다

초등 3학년부터 시작된
詩에 대한
나의 사랑은
내 생애
첫사랑이었고
영영
손에 잡히지 않는
짝사랑이었습니다

차례

2부 상원사에서

3부 진부 장날

4부 빨간 등대

1부

배꽃을 보면

배꽃을 보면

배꽃을 보면
나보다 나를 더 사랑했던
그 여인이 생각납니다

배꽃을 보면
나보다 나를 더 사랑했던
그 여인을 다시 만나
내가 그 여인을
더 사랑하고 싶습니다

아니, 사랑할 수 없더라도
저 소쩍새 소리에 슬퍼하는
나보다

저 달빛 아래서
나보다
더 행복했으면 좋겠습니다

춘설春雪

삼월의 끝자락
어느 봄날에

가던 길을 멈추고 돌아온 너는
필경 무슨 사연 있을 거야

길어야
이삼일 있다가 다시 갈 건데
가던 길을 멈추고 돌아온 너는
필경 무슨 사연 있을 거야

그 짧은 봄날에
얼마나 많은 눈물 흘릴지도
모르면서 돌아온 너는

그 짧은 첫사랑
아픈 이별에
한평생 내 가슴 울게 했던
그 얄미운 여인인지도 몰라

어머니

새골집
칠 남매
작은 키
까만 빈 젖

뽕나무밭골
콩밭
마루 밑
낡은 호미
한 자루

어머니 가신 날
홀로 남은
어미 개
한 마리

앞산
뻐꾸기 울음
하나
둘
셋
넷
다섯
여섯
일곱
여덟

찔레꽃

누이야,
정이월 다가고
오월이 왔네

칠 남매 뛰놀던
뽕나무밭골로 다시 오너라

도랑가
산기슭
하아얀 빛깔

엄마가 널어놓은 빨래 같구나

벌떼 소리
윙윙윙

울 엄마
밥 먹어라
부르는 소리 같구나

*뽕나무밭골: 필자가 유년 시절을 보낸 곳

안목항 일출

붉은
해

하얀
구름 한 점

빨간 등대와
하얀 등대
갈매기 한두 마리
안목항 커피 향기
추억 한 토막

요거만 묶어도

어느새 펄럭이는 푸른 깃발
하나!

아이들아 오너라

아이들아 오너라
강원도 평창군 진부면 새골 마가리

산멀구 한 꼬타리에
토라졌던
우리 유년의 세월

다라미 염불도
볼 수 있던 곳

너와 내가 소꼴 베며
재잘대던 곳

석두산 개바위
사남산 진달래 꽃물 곱게 물든
계집애의 입술
그리운 오후

아이들아 오너라
강원도 평창군 진부면 논골 마가리

*강원도 평창군 진부면 방언(마가리: 산골짜기의 끝부분 / 산멀구: 산머루 /
꼬타리: 송이 / 다라미: 다람쥐)

아버지의 노래

어미소와
송아지와
멍에와
코뚜레와
보구레와
비탈밭과

— 이랴
　이랴
　돌아서
　어허

아버지의
쉰 목소리가
내 눈에서
눈물 되는

내 유년의 저편
어느 봄날에

나의 아버지의
허기진 노래여

허한 노래여

우리 칠 남매의 젖줄이여

산길은 어디 갔을까

산길은

산토끼 발자국 따라 난
산길은
먼 옛날
내가 꼴짐 지고
오던 산길은
아버지 나뭇짐 지고
오시던 산길은
어머니 나물 보따리 이고
오시던 산길은
어디 갔을까

그 산토끼는 어디 갔을까
그 14세 아이의 꿈은
어디 갔을까

*꼴짐: 소가 먹을 풀을 꾸려 놓은 짐

민들레와 나비

쪼꼬마한
노랑 민들레
위에
그 민들레만 한
하얀 나비

그동안
너무 욕심이 많았었네

들바람꽃

바람처럼 피었다
바람처럼 진단다

그래서

더욱 예쁘다

모든 숨소리를
경계하라는
오늘 아침,

메시지 몇 줄에
모든 일상이 멈춰 버린
오늘 아침.

화야산
소소리바람 속
너의 여린 심장 소리에
멈추었던 심장이 다시 뛴다

너는 제프로스를 기다리고
나는 코로나 종식 소식을 기다린다

*제프로스: 바람의 신, 아네모네(바람꽃)의 연인

동강할미꽃의 항변

- 할미꽃이잖아요

- 그래,
  어쩌란 말이냐

- 허리를 굽히지 않았잖아요
  얼굴 화장이 너무 야하잖아요

- 웬 세상에
  태어나서부터
  할미가 어디 있느냐

- 그래,
  이 동강의 병창 위에서나마
  내 허리는 내 마음대로 펴고
  핑크빛 얼굴로
  하얀 얼굴로
  예쁘게 화장을 하고
  사내들을 마음껏 꼬셔 볼란다

– 태어나서부터
   고개 숙이고
   연애 한 번 못 한 게
   무슨 자랑이드냐

*병창: '벼랑'의 강원도 평창군 진부면 방언

깨씨 뿌리기 2

농사를 십 년 가까이 지었어도

깨씨 뿌려야 할 때
정말 모르겠네

- 초복에 심으면 깨 서 말
  중복에 심으면 깨 두 말
  말복에 심으면 깨 한 말

얼추 들으면
쉬운 거 같은데

그럼, 깨씨는 언제 뿌려야
초복에 심을 수 있는데?

- 뻐꾸기 울기 전에 뿌려라

그건, 더욱 모르겠네

꽃눈

체리야,

곧
꽃망울 터질 것 같네

아직은
날씨가
너무 쌀쌀해

조금만 참아

내가
꽃 필 날
가르쳐 줄게

하긴
해마다
약속을 어겼지만

다
사정이 있었어

난전의 오후

- 이 나생이는 어데서 패왔쑤

- 즈므 마을
  묵논 뙈기에서 팬 거라
  어, 머래더라
  아, 무공해라우

- 셩님은 쬐꼼 물레 앉고
  아제는 썩 난져
  햇볕을 가리니
  추워 죽겠쑤

내 유년의 어머니의 푸른 배추와
녹슨 리어카가 머무는
아파트 담벼락에 기대선
난전의 오후

얼레지꽃 3

살랑살랑
봄바람도 부는데
햇살도 있겠다

연분홍 저고리를
어깨 너머로
살짝 벗어 올릴까요

초록 치마를
무릎 위로
쬐끔 들어 올릴까요

나는
선자령 봄바람에

바람난 여인

*얼레지꽃: '바람난 여인'이라는 꽃말을 갖고 있으며 햇빛을 보면 연
분홍 꽃잎이 벌어져 뒤로 말림

불

오월인데도
발왕산에
흰 눈이 내렸단다

농막 뒷마당에
불을 피웠다

손도 따뜻해지고
가슴도 따뜻해지고
마음까지 따뜻해졌다

밤하늘의 별 두 개가
나를 내려다본다

생각하니
밥을 위해
한 번도
불처럼 살지 못했네

2부

상원사에서

상원사에서

상원사
양지 녘
애기 고사리들
어설픈 노보살
금강경 읽는 소리에
꼭 쥐었던 손
모두 펴고 있는데

어미 뻐꾸기
울음소리
잦아지는
오뉴월 저녁
뻐꾸기 새끼도
어미 따라
남녘 나라 돌아갈 날
기다리고 있는데

중생은
아직도
두 손 꼭 쥐고
돌아갈 날
잊고 있었다

*상원사: 강원도 평창군 진부면 오대산에 있는 사찰

제비동자꽃

- 제비라,
  꽃잎이 제비 꼬리를 닮긴 닮았네
  동자라,
  아무리 보아도
  동자는 보이지 않네

- 이 어리석은 사람아,
  앞으론 제발
  그렇게 곁 모습만 보지 말게나
  너와 나
  칠십 평생 기다려
  오늘 겨우 만남을
  생각하게나
  만나면
  반드시
  헤어짐도 생각하게나

*동자꽃 꽃말: 기다림

접시꽃의 교훈

접시꽃이 피었습니다
몇 송이는 나를 보고
몇 송이는
지는 해를 바라보고 피었습니다
꽃이라고 모두
해만 바라보지 않는군요

꽃도 저런데

사람은 어떻게 살아야 하겠습니까

유월의 초상

뽕나무밭골
유월이라

밤이면
소쩍새 소리
서럽고

한낮에는
뻐꾸기 소리
더욱 슬프고

콩밭 매던
어머니는
보이지 않고

산나리 꺾어 들고
깔깔대던 아이들은
보이지 않고

마루 밑
낡은 호미
한 자루

도랑 건너
산나리
한 그루

오리 가족의 세상 나들이

살맛 나는 세상이
아니기든

강릉 공항대교
다리 밑에 가봐라

갓 태어난 오리 새끼들의
세상 나들이가 한창이란다

앞으로 일제히 나가다가
다 함께 뒤로 돌아보고
다시 앞으로 가고

그래,
나에게도
저런 시절이 있었지

누런 월급봉투 받는 날이면
아이 셋 데리고
묵호항 어달리 아나고 횟집으로
가는 날

한 놈은 컸다고
저만치 뒤따라오고
한 놈은 세상 물정 모르고
저만치 앞장서 가고
한 놈은 내 손 꼭 잡고 가고

오목눈이의 사랑

어머니,
어머니를 닮은 나를
누구는 가랑이가 찢어진다
누구는 지 새끼도 모른다고 조롱하지만
예배당 울타리에 둥지를 틀고
딱 일 년 살아 본 내가
원수를 사랑한 죄밖에 없습니다

어머니,
어머니를 닮은 내가
남의 새끼 키우느라
내 몸 다 부서졌어도
지 어미 따라서
먼 남쪽 나라 아프리카로
날아간 뻐꾸기 새끼가
기른 정 아쉬워
날 다시 찾을 날
기다린 죄밖에 없습니다

*오목눈이: 뱁새의 다른 이름, 뻐꾸기 알을 대신 부화시킴

어미 찌르레기의 고민

어미 찌르레기 한 마리가
딱따구리가 파놓은
나무 구멍에 매달려 고개를
갸우뚱 갸우뚱

- 전세로 할까
  사글세로 할까

- 아마 전세는 안 될 거야
  은행 이자 몇 푼이라고
  누가 전세를 놓나
  여름 몇 달 지낼 거니
  더욱 그렇지

- 차라리
  눈 딱 감고 사놓고 봐라
  산 아래 아파트값
  얼마나 뛰었는지 알고나 있나

약수藥水 가는 길

나는 지금도 모른다

초복, 중복, 말복엔
왜
그 높은 재를 넘어
신약수를 거쳐
방아다리 약수에 간 이유를

가는 길
산 중턱엔 옹달샘 하나

산골조개도 건져 먹고

넘던 재 이름도
잊어버렸네

이름도 잊어버렸으니
그 산길도 사라졌겠지

약수 앞마당에
양은 냄비 걸어 놓고

모처럼
하얀 쌀에
붉은 광쟁이콩 넣고
약수 넣고
솔가지에 성냥불로 불붙여
밥을 하면
하늘처럼 파란 밥이 되었지

그 당시는
약수보다
쌀밥이 보약이었지

일곱 살 나에겐
쌀밥보다
엄마가
하늘이었지

아직도
볼 붉던
서른 몇 엄마에겐
일곱 살 내가
하늘이었겠지

*방아다리 약수: 강원도 평창군 진부면에 있는 약수

안반데기

떡 치는 안반을 닮았다는
해발 1,100m 구름 위 마을
안반데기

7, 8월에는 60만 평의 푸른 배추 물결로
밤마다 연인들의 어깨 위에 쌓이는 별들로
동화의 나라가 된다

은하수를 보러 왔다가
동해 일출마저 보고 가는 곳

겨울 설국의 이야기는 더 이상 말도 말란다

한여름에도
등골 오싹한 한기에
긴소매로
흙보다 돌 많은
자갈밭 길 오르면

개척 시절을 잊지 말라고
멍에전망대가
소 등의 땀 이야기 들려주며
내려다보고 있다

*안반데기: 강원도 강릉시 왕산면 대기리에 있는 마을

뽕나무밭골 접시꽃

어머니,
내 유년의 마당 가엔
지금도
당신을 닮은
핏빛 접시꽃이 피고 있습니다

그 마당가에
재잘대던
일곱 아이는
가끔 그 마당이 그리워
이 텅 빈 뽕나무밭골을 찾아오지요

어머니,
아직도
뻐꾸기 울음소리 끊이지 않는
이 빈터에
작년에 심은
빨간 접시꽃이 피었습니다

어머니,
올가을엔
어머니, 아버지와 함께했던
그날 그리며
어머니가 좋아하셨던
하얀 접시꽃 씨앗도 뿌려 놓을게요

아하, 이렇게 살아야 되나 보다

나이 칠십에
무슨 기다림이 있을까

나이 칠십에
무슨 기쁜 날 있을까

된서리를 맞아
시들었던
앞마당 산목련 이파리에
다시 초록의 생기가 보이던 날
기뻐하고

생각지도 않던 꽃망울
세 개씩이나 보여주던 날
더욱 기뻐하고

그 꽃 활짝 필 날
기다리며

아하, 이제는
이렇게 살아야 되나 보다

고향집

아버지와 어머니와
누나와 누이동생 다섯과
어미소와 송아지와
누렁이와 강아지와

멍석과 모깃불과
옥수수와 감자와
맷돌과 메밀국수와
분꽃과 접시꽃과
초생달과 애기별과
반딧불과 부엉이와

함께

내 기억의 강 건너로

번지수도 사라진
하진부리 1255번지

달팽이 껍질 같은
언덕 위의 작은 집

구와우마을

한여름
더위를 피해
하늘 아래 첫 동네
태백시 구와우마을에 가면
소 아홉 마리는 없고
백만 송이 해바라기가
너를 기다리고 있을 걸세

해질녘
해를 등지고
백만 송이 해바라기를 바라보면
백만 송이 해바라기가
일제히 너를 바라볼 걸세

그렇다고
착각은 자유라지만

나를 동경해서일 거야
나를 숭배해서일 거야 하고
착각은 말게

너의 등 뒤에 지는 해가 있고
세월도 너무 많이 갔다네

*해바라기 꽃말: 동경, 숭배

꽃병에 꽂힌 해바라기 열다섯 송이
-고흐의 독백

가난했지만
가슴은 태양처럼 뜨거웠다
그래서 태양을 사랑했고
태양 같은 해바라기를 그렸다

정신과 병동이라
꽃병에 꽂힌 해바라기를 그렸다

다섯 송이는 이미
꽃잎이 졌고
태양 없는 병실이라
몇 송이는 천장을
몇 송이는 바닥을
몇 송이는 나를
바라다본다
꽃들의 눈이 초점을 잃고 방황한다

어둠은 싫다
꽃병도 벽도 탁자도 온통 노란색을 칠하자
물감을 두껍게 칠하니
꽃이 살아나고
꽃병이 살아나고
탁자도 살아났다

오늘은
고갱이
나의 노랑집으로 온다고
까치가 우네
기분이 까치 깃털처럼 가벼워라

*꽃병에 꽂힌 해바라기 열다섯 송이: 고흐가 고갱과 함께 쓸 작업실,
옐로하우스(Yellow House)을 꾸미기 위해 그린 그림

3부

진부 장날

진부 장날

3일과 8일에 진부에 가면
나에게는 아직도
여덟 살 내 유년의 장이 선다

공부도 못하는 게
어머니 열무 판 돈으로 산
누런 재끼장 손에 들고
널빤지에 어머니와 함께 앉아
올챙이국수 사 먹던 장이 선다

없는 거 빼고 다 있다는 진부 장날

지금도 맨 처음 눈길 가는 거는
열무 서너 단
다 팔아도 재끼장 한 권은 살 수 있을랑가

그때나 지금이나 열무 값은 너무 싸다

그날 비에 젖은 열무단은 너무 무거웠고
닳고 헤어진 내 어머니 배지갑은
너무 가벼웠다

*재끼장: 노트, 필자의 고향마을, 평창군 진부면 방언

귀뚜라미의 연가

오직
너에게만

귀 기울일 수밖에 없는
너의 노래는

온 세상을 점령한
전쟁의 포성도 잊게 할
너의 노래는

허허한 가을밤

이제는
잃어버린
그 옛날
짠한 나의 사랑의 노래여

접시꽃 지는 날에

접시꽃이
마지막 꽃잎 떨구니
뜨거웠던 팔월도 말없이 가네

아리랑 아리랑 아라리요

나를 버리고 가시는 것이
님인 줄만 알았더니

나를 두고 세월도 가고
나를 두고 접시꽃도 가네

아리랑 아리랑 아라리요

*아리랑: 我離郞

만추晩秋

산에는 산마다
단풍지누나

피처럼
곱게 곱게
타고 타고

생명을 태우니
더욱 고와라

들에는 들마다
들국화 진다

누구를 기다리며
혼자 지는가

촛불처럼
타던 가슴
어디다 두고

얼음처럼
죽어가며
어디로 가오

왜가리

시월의 마지막 날
안목항의 불빛이
하나 둘
켜질 때까지도

왜가리는
긴 다리를 남대천에
말장처럼 박은 채
결코 서두르지 않는다

왜가리는
노자老子의 도를 깨우친 게 분명하다

왜가리는
결코 물고기를 쫓아가지 않는다
오히려 물고기가 궁금해
다시 돌아올 때를 기다릴 줄 안다
백로와 함께 살면서
회색 깃털을
부끄러워하지 않는다

슈퍼 블루 문

14년 후에나
다시 볼 수 있다는
Super blue moon이 뜬단다

모두가 보겠다고 야단법석이다

Super blue moon을 보면
Super very happy할까요
You're welcome이예요

아,
오랜만에 나도
영어 한번 써봤다

영어가
객지 나와
개고생이다

숫매미의 충고

사람아
사람아
불쌍한 사람아

너는 내가
어두운 땅속에서
오 년이나 살다가
겨우 한 달 동안
나무 위에서
웃지도 못하고
울다만 간다고
안쓰러워하지만

사람아
사람아
허물만 잔뜩 끼워 입고 가는
불쌍한 사람아

그래도
나는
나무 위에 올라
반드시
허물은 모두 벗어 던지고
사랑의 노래만
실컷 부르고 간다네

선운사 꽃무릇

구월에야

꽃잎이 한 발짝
먼저 왔다가
가고

꽃잎 진 뒤에야
잎이 한 발짝 뒤따라오고

그 옛날

당신은 일주문 안에 계셨고
나는 일주문 밖에 살았고

선운사 하늘에는
붉은 저녁놀
도솔천 개울 건너에는
핏빛 꽃무릇

애달파라
죽어서도
이룰 수 없는
나의 사랑아

*꽃무릇 꽃말: 이룰 수 없는 사랑

분꽃

이유는 모르지만
너는
오후 네 시는 되어야 핀다면서

아침의 꿈도
정오의 정열도
체념한 너

해질녘
새골 농막에서

그때는 꿈도 많았었지
그때는
그때는
하는
꿈을 잃은
백발노인과 친구하면 안 될까

몰래 한 사랑
-분홍 코스모스

코스모스 하면

빨갛든가
하얗든가

둘 중에

하나

요거 봐라
나 몰래
사랑을 했네

줄까지 쳐놓았었는데

꽃 년들이나
사람 새끼들이나

거기가 거기

들국화

서리가 온 날 아침에도
들국화는 핀다

나비가 오지 않아도
누가 보아주지 않아도
아랑곳하지 않고
짧은 늦가을
볕기 없는 햇살도 탓하지 않는다

노란 꽃대궁을
파란 하늘로 치켜세우고
다른 꽃들이 절망할 때
희망을 노래한다

들에 피어 있어도
이름값을 한다

달맞이꽃

달맞이꽃은
달을 좋아해서
달 뜨는 밤에 핀다고
달맞이꽃이라 부릅니다

그러나
흐린 날에는
낮에도 핍니다

그러니
달맞이꽃이
달만 좋아하는 게 아닐 겁니다

아마도
내가 바라볼 때마다
내 앞에 저렇게 환하게 피어 있으니
아마 나를 좋아해서 그럴 겁니다

가을 항구에 서서

가을과 항구는
한통속인가 보다

가을이 오면
누군가 기다려지고
어딘가 떠나고 싶다

항구에 서면
누군가 기다려지고
어딘가 떠나고 싶다

예전에는
가을 항구에 서면
기다려지는
사람도 참 많았었지
바다 건너 있을
또 다른
가고 싶은
항구도 참 많았었지

그러나
이제는
그 많은 기다림도 가고픔도
조용히
이 항구에
모두 닻을 내려야 하리
나는
혼자서 낙엽 지는
섬이 되어야 하리

바다 없는
심심산골
고향에 찾아가도
나는
거기서도
또다시
섬이 되어야 하리

가을 안개

그때도 이랬어
항상 시월의 끝은
이랬어

난
앞이 안 보이는
뽕나무밭골
가을 안개가 좋아
오히려 아늑해

말하지 않아도 알 거야

짙은 안개 속
아버지가 먼저 베어 놓은
서리 내린
옥수수 더미에
손 넣으면
정말 손끝이
시리고 고왔어

다른 사람들은 모르겠지만

누이야, 누이야,
너희들은
모두 알 거야

그래도
그때가 좋았어

단풍잎

마지막
헤어지는
순간에

너의
가장 고운 모습
보여준
너는

내 생애
최상의
그 여인인지도 몰라

떨어지는 순간마다
손 흔드는
너는

내가
지금껏
사랑했어야 할
그 여인인지도 몰라

노랑망태버섯

정말 망태를 닮았구려
그 빛깔 눈부시다

그 노랑 색깔과 그 모습에

내 나이 아홉 살,
내 누님이 생각나네
늘 노란색 털실로 뜨개질하던
누님의 엄지손가락

엎드려
하기 싫은 방학 숙제를 하던
누님의 방

올망졸망
노란색 스웨터
다섯 누이동생들

농막 다람쥐의 불만

- 다람아, 다람아, 염불해라

- 개뿔
  내 마음
  쥐뿔도 모르면서

- 올 삼월에서
  시월이 다 되도록
  작년에 선자령에서 줏어 온
  딱딱한 굴밤만 주면서

- 햇밤도 나왔겠다
  그거로 바꿔주면 어디 덧나나

*강원도 평창군 진부면 방언(줏어 온: 주워 온 / 굴밤: 도토리)

농심農心의 아이러니

콩 타작 후
튀어 나간
콩알을
한 알 두 알
주워 본 사람은
농심을 조금 안다

들깨 털고
튀어 나간
깨알을
한 알 두 알
주워 본 사람은
진정 농심을 안다

대개는
진정 농심을 아는 사람이
식당에서는
따뜻한 밥값을 먼저 낸다

꽈리

그러네

다 큰 처녀가
내 앞에서 고개도 못 들고
그토록 빨갛게 얼굴 붉히니
나도
다시 그날 밤
볼때기 빠알간
14세 아이가 되었네

너 때문에
내 나이 칠십하고 얼마인 거
깜박 잊었네

*꽈리: 홍낭자紅娘子, 꽃말은 수줍음

4부

빨간 등대

빨간 등대

나는 젊은 시절
키가 작았으므로
키가 큰 여인을 만나고 싶었다

나는 바다 없는
산골에 태어났으므로
등대가 되고 싶었다
칠 남매 집 외아들로 태어났으므로
칠 남매의 빨간 등대가 되고 싶었다

오른손잡이였으므로
하얀 등대가 아닌 빨간 등대가 되어
세파에 지쳐
포구로 돌아오는
가랑잎 같은 배들을
오른손으로 꼬옥 안아주고 싶었다

눈 오는
추운 겨울밤

나는 등대가 되지 못했고
키 작은 아내가
꿈을 꾸며 코를 골며 자고 있다

아내는 무슨 꿈을 꾸고 있을까

*빨간 등대: 빨간 등대는 등대 오른쪽에 부두로 들어오는 물길이 있음

검정 고무신
-추억 여행 2

오늘은 진부 장날
새 신을 사는 날이다

누나와 막내를 제외한 오 남매
사랑방에 모두 모였다

아버지는 무명 실끈에
발 크기대로 매듭을 짓는다
우리 남매의 추억을 묶는다

오늘은 눈 오는 밤
새골집 황토 부뚜막 위에
검정 고무신
올망졸망
남매들 잠든 사이
아버지의 손길
여기에 몰래 잠들어 있네

내일 아침이면
검정 고무신 모두
발그레한 얼굴로
아버지 눈가래 앞세우고
의기양양
학교 가겠지

*새골집: 필자의 고향집 택호

영진 바다

사랑했던 사람아,

왠지
겨울 바다가
보고 싶어
영진 해변에 왔습니다

저기

해변 백사장에

세 살배기 애기와
엄마와 아빠가
바다 구경 왔다가
바다 구경은 안 하고
서로 눈만 맞추고 있고

나는
그런
애기와 엄마와 아빠만
바라보고 있습니다

*영진 해변: 강원도 강릉항(안목항)과 주문진항 사이에 있는 해변

소도둑놈마을

세상살이가 힘들거든
이 생각 저 생각
하지 말고 그냥
강원도 평창군 진부면에
가 봐라

그곳에 가면
이제는
소도 없고
소도둑놈도 없지만
아득한 전설 속
아직 어머니 품속 같은
자그마한 마을
소도둑놈마을이 있다

봄이면
복숭아꽃 살구꽃 진달래 피고
감자를 닮은 사람들이
감자를 심고

겨울이면

그 옛날

우리 어머니를 닮은 아낙네들이

하얀 눈꽃 지붕 아래서

오는 잠을 쫓으며

까만 감자떡을 빚는

살맛 나는 마을이 그곳에 있다

*소도둑놈마을: 필자의 고향마을, 강원도 평창군 진부면 하진부2
리 별칭

행복
-추억 여행 3

서른다섯
다시는 돌아갈 수 없는 곳

십사 평
연탄 때는
공무원 임대 아파트에

한겨울 꽁꽁 언
열 손가락 녹여줄 수 있는
담요 덮인
따뜻한 아랫목이 있다는 거

눈이 펑펑 쏟아지고
찬 바람이 쌩쌩 부는 밤

열한 시 퇴근길
돌아갈 집이 없는 사람들을
생각할 때

아내와
세 아이가
기다리고 있다는 거

정동진역

서울에서 바로 동쪽에
세계에서 바다와
가장 가까운 곳에 있는
역이라고

'모래시계' 역이라고

찾아오는 역

꼭두새벽부터
눈 시린 파란 겨울 바다가
그리웠던 사람들이

불타는 빨간 겨울 바다가
보고팠던 사람들이

올망졸망
소망 갖고 찾아온 사람들이

기차가 몇 번 왔다가 가도
그대로 저 바닷가에서
일출을 기다리며 서 있네

오! 그래?

일진 좋은 오늘은
나도 이 역사驛舍에서
다시 한번 기다리련다
그 옛날
그 사람
혹시 오나 하고

기차가 몇 번 왔다가 가도

입동立冬

입동이 가까워지면

조금은
촌스럽지만
정겹게 다가오는
말들이 있다

'배부르고 등 따뜻하다'는 말과
김치가리와 나뭇가리와 깍지가리
김치가리 하면
배추김치와 총각김치와 갓김치와 나의 어머니
나뭇가리 하면
솔갈비와 송아리와 장작개피와 나의 아버지
깍지가리 하면
콩깍지와 작두와 검정 어미소

지금도
생각만 해도
배부르고 등 따뜻해 오는
김치가리
나뭇가리
깍지가리

*강원도 평창군 진부면 방언(깍지가리: 소먹이를 보관하는 곳 / 솔갈비: 마른
솔잎 / 송아리: 청솔가지 / 장작개피: 장작개비)

연화도

섬이 연꽃 모양이라
이 섬에 오면
부처를 만날 수 있을까 하였는데

유명하다는
수국은 이미 져서 없고
동백은 아직 피지 않아 없는

섬

연화봉 입새
연화사에도
고개 너머
보덕암에도
부처는 보이지 않았다

부처는
정말
내 마음속에만 있는가 보다

*연화도: 경상남도 통영시 욕지면에 있는 섬

어머니 제삿날

그 잘난
초등 시절

동무들과
진부 장터
난전을 지날 때면
늘 먼 길 돌아
어머니를 비켜 갔었지

오늘은

그 진부 장터
긴 나무 널빤지 의자에 앉아
어머니와 함께
서로 눈 맞추며
어머니가 열무 판 돈으로 사 준
올챙이국수가 먹고 싶다

그 잘난 중학 시절
3·1절 행군 대열에서
부끄러워하는
나를 용케 찾아낸
그날
그 어머니의 눈동자가 보고 싶다

오늘 밤 꿈
어머니를 만나
속으로만
강물처럼
길게 울고 싶다

안목항에서

세월의 길목을 돌아 돌아
황혼 녘

당신은 오늘 밤
안목항 검은 바다 위에
반짝이며 쏟아지는 월광의 숨결을
들었습니까

그렇다면
당신은
내 유년의 세월
내 고향 고등골 장독 위에
소독소독 쌓였던 함박눈을
너무나 닮았습니다

그렇다면
난 오늘밤
당신을 보낸 뒤

남대천 포구 솔바람다리를 건너
남항진 PATHWAY에서
커피 한 잔을 다시 시키고
당신의 뒷모습과
꺼져가는
물 건너, 안목항의 불빛을
찻집의 문이 닫힐 때까지
바라보고 또 바라보겠습니다

크리스마스 선물

교회도 다니지 않는 내가
아이도 아닌 내가
크리스마스가 되면
설레는 이유는 무엇일까
두 노인네가 사는 집에
산타 할아버지가 오실 리는 만무인데

중학교 때
몰래 카드를 전해 줬던
그 여자아이보다
그 카드 속 루돌프 사슴 코가
더 기억 속에 남아있네
크리스마스트리보다
세 아이가 걸어 놓았던 양말짝이
더 기억 속에 남아있네

아하,
추억도 하나의 선물이구나!

아버지의 장화
-아버님 전 상서

아버지, 초등 시절 눈 온 날 아침이면
당신의 발자국 밟으며 학교 가던 내가
오늘은 고라니 발자국 따라 농막으로 갑니다

천방지축 고라니 발자국을 보니
두 번 세 번 꼬옥 밟아 주셨던
아버지의 발자국이
생각납니다

저런,

나는 아버지가 되고 다시 할아버지가 된
오늘도 아버지의 장화가 그립습니다
그냥 아버지의 여덟 살 아이가 되고 싶습니다
용서하세요
아버지!

설중매雪中梅 2

하얀 이불 위에
빨간 핏자국

내 너에게 가까이 갈 수 없었다

그렇게
보내준 것을
후회하지 않았다

그래서
하얀 눈 속에 핀
빨간 매화 앞에서
너를 생각한다

인연도
무슨 까닭이 있을 거야

그쳤던 눈이 다시 오는데

사랑의 힘

네가 있어
아직 사랑이란 단어를 버리지 않았다
네가 있어
아직 그리움이란 단어를 버리지 않았다
네가 있어
아직 꿈이란 단어를 버리지 않았다

네가 있는 한
나의 시계는 영시에 멈춰 서고
한겨울도 늘 봄이 된다
뽕나무밭골 실개천 얼음장 밑에서도
버들피리 소리를 듣는다

붕어빵 아홉 마리
-추억여행

강풍 주의보에 이어
폭설 경보가 내려졌다

한 시간을 걸었다
집 앞에 서니
14평 아파트 5층 난간에서
아내와 아이들이 내려다본다

우리 새골집 칠 남매도
장에 가신 울 엄마
내 고향 석두산 모랑가지에
쫑그리고 앉아
저렇게 기다렸었지

붕어빵 아홉 마리와 내가
아내와 아이들을 처다본다

붕어빵 가슴이 아직 따뜻하다

*모랑가지: '모롱이'의 강원도 평창군 진부면 방언

고라니 발자국

밤새 눈이 몰래 왔네
고라니도 몰래 왔다 갔네

그래,
지금은 이곳이 내 땅이라 우겨도
원래 네 땅인지도 모르지

손바닥만 한 밭을 두고
장롱 속 밭 등기로 허세 떨 거 아니지

너 지금 날 무서워해도
너 날 그리워할 날 있을지도 모르지

모두는 왔다가 가는 거
모두는 그리워지는 거

님에게 2

그립단 말은
그만들 하고
이제는
이 자리에 돌이 되어라

하늘 땅의 울림에
꽃잎이 지면
우리는
저 월광 아래
반짝이는
화석의 꽃무늬로 남으면 되지

슬프단 말은
그만들 하고
이제는
저 자리에 별이 되어라

하늘 땅의 울림에
생명이 지면
우리는
저 하늘에
기다림의 빛깔로 남으면 되지

겨우살이의 맹세

나는
소나무는 못 되었어도
눈보라 치는 겨울에는
더 푸른 빛깔로 살으리라

나는
뿌리박을 땅 한 평 없어도
허공중에 매달려
겨우겨우 살아도
남의 땅을 탐내지 않으리라

나는
이 나무로 저 나무로
출랑출랑
옮겨가지 않으리라

나는
TV 속 높은
사람들처럼
쪽팔리게 살지 않으리라
아니,
아예 TV 없는
이 뽕나무밭골 산등성이에서
첫사랑 참나무와
눈 맞추며
그냥저냥
욕심 없이 살으리라

애기 고라니

농막터
펜스 밑으로
용케도
기어들어 온
애기 고라니

아하, 그놈
얄밉고 예뻐

콩밭과 고구마밭을
망가뜨린 죄로
장화발로
엉덩이를 뚝뚝 때려주었지

어라, 이놈 봐라
나갈 생각 안 하고
우리 손녀처럼
땅바닥에 주저앉아
울면서 떼만 쓰네

겨우겨우 달래서
뒷동산으로
보내준 그놈

농막 옆
개울이 꽁꽁 어는
추운 겨울밤

그놈
엄마는 만났을까
괜시리
걱정되네

간장 담그는 날

오늘은 손 없는 날
모처럼 간장을 담근다

아내가 소금물에
500원짜리 동전을 넣고

한참 기다려도
또 기다려도 동전은 영 뜨지 않는다

- 왜 그래
- 염도를 맞추는 거야
- 그럼 100원짜리로 바꿔 봐

- 아이참, 계란을 띄워 물 밖에
  500원짜리 동전만큼 보이면
  적당한 염도라는 걸 깜박했네

올해 간장은 더 맛있을까
장독 속에 찰랑대는 아내의 손맛

5부

진부(오대산역)에서

진부(오대산)역에서

아이들아,
남한강 하구에서
천 리 길
궁궐목 뗏목꾼들의 노랫소리
이제 전설로 남은 진부 오대천 물가에
2018년
유난히 가슴 시린 겨울을
순백의 눈으로
따뜻하게 감싸 안았던
어머니 품속 같은
진부(오대산)역으로 오라

한라에서
백두에서
세계에서
겨우내
세계인의 우정과 평화를 쉬지 않고
실어 나르던 올림픽역

이 역 있음에
남과 북 그리고 세계가
함께 모여 얼싸안고 목 놓아 울었으니

새벽닭 울면
먼동이 트듯
이제 곧 통일과 세계 평화를 싣고
KTX 열차가 힘차게 다가올지니
아이들아, 오늘은
이 역에서
다시 한번 벅찬 가슴으로 그날을 기다려 보자

님에게

내가 죽어
한 떨기
들국화 되리
그윽한 향기로
님께 다가가
사랑하는
님의 품에
곱게 안기리

내가 죽어
한 줄기
별빛이 되리
영롱한 빛으로
님께 다가가
사랑하는
님의 꿈결
지켜 드리리

내가 죽어
한 가닥
생명이 되리
뜨거운 숨결로
님께 다가가
사랑하는
님의 생명
보태 드리리

삼양목장

'삼양목장' 하면
나는

삼양三糧의 깊은 뜻과
목장의 광활한 풍광보다
1968년
내 나이 16세
고등학교 1학년 때
나의 자취방에
찾아오신

어머니와
삼양라면이 먼저 생각난다

양은 냄비에
물, 팔팔 끓이다가
먼저 삼양라면 넣고
조금 있다, 수프 넣고
달걀 한 개
톡, 깨어 넣으면
끝.

삼양라면은
그날
나의 세 끼
식사였고

어머니도

- 참 맛있다
  이렇게 맛있는 거
  처음 먹어본다
하시던

그날 밤

내가 끓인 라면
냄비째 상 위에 올려놓고

어머니와
나는
이 세상
모든 거
부러울 거 없었다

정동진
-추억 여행 4

그때가 지금보다 더 좋았다

정동진 바다 여행 KTX 열차가
오가는 지금보다
내가
비둘기호 열차를 타고
강릉에서 정동진을 지나 도계까지
출퇴근하던 그때가 더 좋았다

새벽 열차를 타면
기차도 졸고
사람들도 졸고
선반 위 보따리 속 명태도 졸고
정동진에 해가 떠도
나도 함께 졸던
그때가 지금보다 더 좋았다

졸다가
도계역을 그냥 지나쳐
통리역에 내렸던 날
멋쩍게 아이들 앞에 섰던 그날

- 선생님, 수업 없어 정말 좋았어요
하던 시절
그때가 지금보다 훨씬 더 좋았다

잡초 공적비

청옥산
육백마지기에 가면
이 지구 별나라에서
가장 위대한

공적에 대한
비 하나가 있다

어떤 시류에도
얽매이지 않은

내가
칠십 평생
찾아 헤맨

정말
돌멩이에 새겨도
부끄럽지 않은

- 질긴 생명력으로
  생채기 난 흙을 품고 보듬어
  생명에 터전을 치유한

수면내시경

가장 공평한 나라

누우라며 눕고
벗으라며 벗고
시키면 시키는 대로

잘났다고 큰소리치는 놈
없는 나라
못났다고 주눅들 필요
없는 나라

내가 꿈꾸는 나라

여기 있었네

뚝 하면
감히
헌법 제1조 2항을
들먹이는
꼴 보기 싫은
정치인들의
개소리가 없는 나라

아주 조용한 나라
아침 이슬 속
나의 꿈나라
여기 있었네

*헌법 1조 2항: 대한민국의 주권은 국민에게 있고, 모든 권력은 국민
으로부터 나온다.

종점

헤르만 헤세의
〈날아가는 낙엽〉이라는 시를 평론하면서
어떤 시인은

- 이 시인은 85세까지 살았으니
  충분히 오래 산 시인이다
라고 말하고 있다

나는
그 시의 시구詩句와
그 시인의 섭한
그 말을
아주 아주
천천히 천천히
읽으면서

지금

종점이 멀지 않은
KTX 강릉선 진부역을 지나고 있다